Inés
Azul

Para Arianna Squilloni por descubrir a Inés y para Patricia Azul.

PABLO ALBO

Inés Azul

Pablo Albo
Pablo Auladell

Voy a plantar un árbol
para que el sol sepa que existo.

—Soy yo, la de al lado del árbol —le diré.

Si no, ¿cómo va a saber dónde estoy,
con el barullo que hay aquí abajo?

Al viento quise hacerle una casa,
pero dijo que prefería
escondérseme en el pelo.

Después fui a pintar las olas
y alguien se me había adelantado.
Jo, y qué bien lo hizo quien fuera;
a mí no me habría salido mejor.
Ahora son ellas las que me pintan.
Me paso horas mirándolas.

—¡Qué salada! —me dicen en el
pueblo, y no me extraña.

Miguel, el de la cara gris,
huele al tabaco que fuman sus padres.
Yo me lo llevo a la playa a ver si se le va.

Somos de distinto color,
aunque por fuera no se nos note;
Y hacemos los ríos cada uno a su manera,
pero llegan al mar igualmente.

Quiero enseñarle a hacer el pino
para que le vea la sonrisa al horizonte.

—Que no —le digo yo—, que no está triste.
Lo que pasa es que lo estás mirando al revés.

Miguel y yo siempre tenemos mucho trabajo.
Nos encargamos de decir a cada uno lo que tiene que hacer:

¡Hormigas, a andar en fila india!
¡Caracol, despacio, no corras!
¡Piedra, ahí quieta!

Llamamos a las olas para que nuestra playa no se quede sosa.
Le levantamos la orilla al mar y miramos debajo.
Los peces se van gritando, siempre los pillamos desnudos.
Hacemos montañas de arena y las escalamos.
Acabamos derrotados.

Pero hay días que se cansa enseguida,
camina despacio y se le pone la cara del color de las nubes
(pálidas, por los sustos que les dan los aviones).

Cuando eso pasa
ya sé que tengo que hacerlo yo todo
y que Miguel estará fuera un tiempo,
descansando.

Uno de esos días,
Miguel se quedó mirando las olas y me dijo:

—¿Hace cuánto que hay olas?
Ayer, que no vinimos a llamarlas,
¿acudieron aunque no las veíamos?
¿Hasta cuándo habrá olas?
Y si yo no vengo,
¿seguirán llegando ellas todos los días?

En ese momento,
no entendí por qué decía esas cosas.

Ahora Miguel no está.

Le vi irse con un señor elegante
vestido de negro.
Estábamos en la playa.
El mar se hizo gris y las olas no hacían ruido.

Estuve esperándole toda la tarde
hasta que se hizo de noche y me entró frío.

Unos me dicen que no puedo verle
porque se quedó dormido.
Pero me suena raro,
no va a estar dormido todo el rato;
yo también duermo y luego me despierto.

Otros me dicen que se ha ido y que puede tardar mucho,
que a lo mejor no vuelve.
Les he dicho que voy a esperarlo.
No sé por qué no va a volver
con la de cosas que tenemos que hacer todavía.

He plantado una semilla de árbol centenario
para verlo crecer mientras espero a Miguel.
No tengo prisa en que vuelva porque estos árboles
tardan una barbaridad en hacerse grandes del todo.
Cuando me acuerde de Miguel, vendré aquí a regarlo.

Así, si vuelve, nos sentaremos a la sombra de sus ramas.
Y si no viene… pues tendré un árbol centenario
y el sol sabrá donde paro,
porque ahora con tanto barullo,
no sé si se ha dado cuenta todavía de que existo.

Posdata:
Miguel, tú tranquilo que, de momento,
las olas siguen llegando.

GOBIERNO DE ESPAÑA | MINISTERIO DE CULTURA

Esta obra ha sido publicada con una subvención
de la Dirección General del Libro, Archivos y Bibliotecas
del Ministerio de Cultura para su préstamo público
en Bibliotecas Públicas, de acuerdo con lo previsto en
el artículo 37.2 de la Ley de Propiedad Intelectual

Inés Azul

Director de colección: José Díaz
Diseño y maquetación: Jennifer Carná

ISBN: 978-84-92595-04-4

Impreso en China

www.thuleediciones.com